CATALOGUE

DES

LIVRES ANCIENS

SUR

LES SCIENCES NATURELLES ET L'AMÉRIQUE

COMPOSANT LA

BIBLIOTHÈQUE DE FEU M. ROULIN

OFFICIER DE LA LÉGION D'HONNEUR, MEMBRE DE L'INSTITUT,

BIBLIOTHÉCAIRE.

DONT LA VENTE AURA LIEU

Le jeudi 25 novembre 1875, et jours suivants,
à 7 heures et demie du soir

Rue des Bons-Enfants, 28 (maison Silvestre)

SALLE N° 1

Par le ministère de M° MAURICE DELESTRE, commissaire-priseur,
successeur de M° DELBERGUE-CORMONT, rue Drouot, 23.

PARIS

ADOLPHE LABITTE

LIBRAIRE DE LA BIBLIOTHÈQUE NATIONALE

4, rue de Lille, 4

—

1875

Paris. — Typ. G. Chamerot, rue des Saints-Pères, 19.

CATALOGUE

DES

LIVRES ANCIENS

SUR

LES SCIENCES NATURELLES ET L'AMÉRIQUE

COMPOSANT LA

BIBLIOTHÈQUE DE FEU M. ROULIN

OFFICIER DE LA LÉGION D'HONNEUR, MEMBRE DE L'INSTITUT,

BIBLIOTHÉCAIRE.

DONT LA VENTE AURA LIEU

Le jeudi 25 novembre 1875, et jours suivants,
à 7 heures et demie du soir

Rue des Bons-Enfants, 28 (maison Silvestre)
SALLE N° 1

Par le ministère de Mᵉ MAURICE DELESTRE, commissaire-priseur,
successeur de Mᵉ DELBERGUE-CORMONT, rue Drouot, 23.

PARIS

ADOLPHE LABITTE

LIBRAIRE DE LA BIBLIOTHÈQUE NATIONALE

4, rue de Lille, 4

—

1875

ORDRE DES VACATIONS.

———

Première vacation. — *Jeudi* 25 *novembre* 1875.

Nᵒˢ 1 à 158

Deuxième vacation. — *Vendredi* 26 *novembre.*

159 à 260

Troisième vacation. — *Samedi* 27 *novembre.*

Ouvrages en lots.

———

CONDITIONS DE LA VENTE.

La vente se fera au comptant, 5 % en sus des enchères.

Il y aura, chaque jour de vente, de DEUX heures à QUATRE, exposition des livres composant la vacation du soir.

Les réclamations devront être faites, au plus tard, dans les vingt-quatre heures qui suivront la vacation. Passé ce délai, les articles adjugés ne seront repris pour aucune cause.

Le libraire chargé de la vente remplira les commissions des personnes qui ne pourraient y assister.

———

Paris. — Typographie de Georges Chamerot, rue des Saints-Pères, 19.

CATALOGUE

DES

LIVRES ANCIENS

SUR

LES SCIENCES NATURELLES ET L'AMÉRIQUE

COMPOSANT LA

BIBLIOTHÈQUE DE FEU M. ROULIN

Officier de la Légion d'honneur, Membre de l'Institut, bibliothécaire.

THÉOLOGIE.

1. Biblia sacra. *Coloniæ Agrippinæ*, 1630, pet. in-8, 2 col. chagr. n. fermoirs, titre gravé.

2. Sancti Patris nostri Epiphani, episcopi Constantiæ Cypri, ad Physiologum. Eiusdem in die festo palmarum sermo. *Antverpiæ*, 1588, in-8, parch.

   Exemplaire de G. Cuvier ; ce volume est orné de figures.

3. Socini Opera exegetica et polemica. *Irenopoli*, 1656, in-fol. gr. pap. vélin.

   Imprimé à Amsterdam.

4. Traitez singuliers et nouveaux contre le paganisme du Roy-Boit, à messieurs les théologicaux de toutes les églises de France, par Jean Deslyons, docteur de Sorbonne. *A Paris, chez la veuve C. Savreux*, 1670, in-12, v. brun, ant.

5. Les Conformitez des cérémonies modernes avec les anciennes, où il est prouvé par des autoritez incontestables que les cérémonies de l'Église romaine sont empruntées des payens. *Imprimé l'an* 1667, in-8, parch.

6. La Porte ouverte pour servir à la connoissance du paganisme caché, par Abraham Roger. *Amsterdam*, 1670, in-4, titre gravé, v. br.

7. Le Rabelais réformé par les ministres et nommément par Pierre dv Movlin, ministre de Charenton, pour response aux bouffonneries insérées en son liure de la Vocation des pasteurs. *A Brusselle, par Christophle Girard*, 1619, in-8, parchemin.

Par le père Garasse.

SCIENCES.

PHILOSOPHIE. — MATHÉMATIQUES. — SCIENCES NATURELLES. — MÉDECINE.

8. Aristotelis Opera quæ exstant, gr. et lat., ed. Du Val. *Lut. Par.*, 1629, in-fol. v.

9. Aristote. Œuvres diverses, trad. par Barthélemy Saint-Hilaire. *Paris*, 1844, 9 vol. in-8, demi-rel. v. f.

Catégories. Politique. Analytique. Physiologie. Topique. Traité de l'âme.

10. La Métaphysique d'Aristote, trad. par A. Pierron et Zevort. *Paris*, 1840, 2 vol. in-8, demi-rel. v. f.

11. Theophrasti Opera, gr. et lat., ed. Schneider. *Lipsiæ*, 1818, 5 vol. in-8, demi-rel. mar. br.

12. Les Œvvres de Lvc. Ann. Seneqve, mises en françois par Mattier de Chalvet. *Paris*, 1638, in-fol. v. ant. (*Piqûre.*)

13. Opus de proprietatibus rerum religiosi fratris Bartholomei Anglici, de ordine fratrum minorum. *Impressus per me J. Koelhoff de Lubeck. Coloniæ*, 1483, pet. in-fol. goth. à 2 col. rel. en bois.

14. Le Propriétaire des choses tresutille et proffitable aux corps humains : auecques aulcunes addicions nouuellement adioustées, le tout reveu et corrigé nouuellement. *S. l. n. d.*, in-fol. caract. goth. v. ant. (*Armoiries.*)

Le traducteur est Jehan Corbichon, religieux augustin et chapelain de Charles V.

15. Hieronymi Cardani, Mediolanensis medici, de rerum varietate. *Basileæ*, 1557, 2 vol. in-fol. v. ant. réglé.

Édition complète.

16. Les Livres de Hierosme Cardanvs, médecin milannois, intitulez de la Subtilité et subtiles inventions, ensemble les causes occultes et raisons d'icelles, traduits de latin en françois par Richard le Blanc. *A Paris, pour Abel l'Angelier*, 1584, in-8, parch.

17. Reduction de las letras, y arte para enseñar a ablar los mudos, por J. Pablo Bonet. *Madrid*, 1620, in-4, vélin.

Traité très-curieux sur l'art d'enseigner un langage aux muets. Il contient des planches sur le langage des mains. Titre fatigué.

18. Apologie pour tous les grands personnages qui ont esté faussement soupçonnez de magie, par G. Naudé. *Paris, F. Targa*, 1625, in-8, demi-rel. (*Piqûres.*)

---

19. Comptes-rendus hebdomadaires des séances de l'Académie des sciences. *Paris, Bachelier et Gauthier Villars*, de 1840 à 1872, 33 années, plus le premier de 1873, formant 65 volumes in-4, avec deux volumes de table, de 1835 à 1865. Ens. 67 vol. in-4, cart.

20. Comptes-rendus des séances de l'Académie des sciences. *Paris*, 1859 à 1864, 1869 à 1871, tomes 49 à 59 et 69 à 73, plus la table de 1851 à 1865. Ensemble 19 vol. in-4, cart.

21. Tables générales des comptes-rendus des séances de l'Académie des sciences, de 1835 à 1850 cartonné, 1851 à 1873 en livraisons.

Il manque quelques nᵒˢ et il y a des doubles.

22. Mémoires de l'Académie des sciences (tomes XXXVIII et XLI 1ʳᵉ partie), 2 vol. in-4, cart.

23. Mémoires présentés par divers savants à l'Académie des sciences (tomes VI et XX), 2 vol. in-4, cart.

24. La Nova Scientia di Nicolo Tartaglia. *In Venegia*, 1562, in-4, vélin.

25. Biot. Mémoires sur l'astronomie. 9 br. in-4.

26. Les Usages du quadrant à l'esguille aymantée, par Jean Tarde. *Paris*, 1621, in-4, vél. fig.

27. Coleccion de memorias científicas, agrícolas é industriales publicadas en distintas épocas por Mariano Eduardo de Rivero y Ustariz. *Bruselas*, 1857, 2 vol. in-8, br.

28. Le Monde de Descartes, ou Traité de la lumière et des
autres principaux objets des sens. *Paris, N. Legras*, 1664,
pet. in-8, v.
Édition originale.

29. SPECULUM NATURALE Vincentii Belvacensis. *S. l. n. d.*, gr.
in-fol. goth. à 2 col. demi-rel.
Édition sans chiffre ni réclame, imprimée par Jean d'Amerbach à Basle en
1481.

30. Dictionnaire classique d'histoire naturelle. *Paris, Rey et
Gravier*, 1822-1830, 16 vol. in-8, demi-rel. et atlas.

31. Aristotelis Parva Naturalia, latine. (*Patavii*, 1522), in-fol.
p. de tr.

32. Plinii Historia naturalis. *Lugd. Bat., Elz.*, 1635, 3 vol.
pet. in-12, v. f. titre gravé.

33. Plinii Historia naturalis, Detlefsen recensuit. *Berolini*,
1866-73, 5 vol. in-8, br.

34. Hermolai Barbari Castigationes Plinianæ. *Romæ*, 1493,
in-fol. v.

35. Claudii Salmasii Plinianæ Exercitationes in Caji Julii Solini Polyhistora ; item Caji Julii Solini Polyhistor. *Trajecti
ad Rhenum*, 1689, 2 tom. en 1 vol. gr. in-fol. bas. rac.

36. Rezzonico. Disquisitiones Plinianæ. *Parmæ*, 1763, 2 vol.
in-fol. vélin.

37. Pliniana. Recueil de dissertations sur Pline, par Fels,
Brunius, Thiel. In-4, demi-rel.

38. Mammalogie, ou Description des espèces de mammifères,
par M. A.-G. Desmarest. *Paris*, 1820, in-4, demi-rel. v.
ant. (126 *planches gravées.*)

39. Geoffroy Saint-Hilaire. — Mémoires sur les mammifères.
12 br. in-4.

40. Dissertation physique à l'occasion du nègre blanc. *A
Leyde (la Sphère)*, 1744, in-8, cart.

41. Zoologie géographique : premier article : l'Homme, par
E.-A.-G. Zimmermann. *De l'impr. française de Cassel*,
1784, in-8, demi-rel. v. viol.

42. HOMO. L'Homme, par Bory de Saint-Vincent. In-8,
demi-rel. v. f.

43. Nueva Filosofia de la naturaleza del hombre, escrita por
Doña Oliva de Nantes Barrera. *En Madrid*, 1728, pet. in-4,
parchemin.

44. Lesson (R. P.). Histoire naturelle de l'homme. — Histoire naturelle des animaux mammifères. — Histoire naturelle des Cétacés. *Paris, Baudoin fr.* 1828, 2 vol. in-8, demi-rel. v. vert.

45. The natural History of man; by James Cowles Prichard, with thirty six coloured illustrations. *London*, 1843, gr. in-8, demi-rel. v. f. gris.

46. D'Eichthal. Mélanges d'anthropologie. 5 part. en 1 vol. in-8, demi-rel.

47. Recueil d'opuscules sur les races. In-8, demi-rel.

De l'Influence des questions de races sous les derniers Karolingiens. *Paris,* 1838. — J. Reinaud. Considérations sur l'esprit de la Gaule. *Paris*, 1847. — Discours sur la condition physique de la terre. 1840, etc.

48. Mélanges sur l'anthropologie, par Edwards, d'Homalius d'Halloy, Sabin Berthelot, etc. 5 part. en 1 vol. in-8, demi-reliure.

49. Barthez. Nouvelle Mécanique des mouvements de l'homme et des animaux. *Carcassonne*, 1798, in-4, demi-reliure.

50. Hierozoicon, sive bipartitum opus de animalibus S. Scripturæ, authore Samuelle Bocharto. *Francofvrti ad Mœnvm,* 1675, 2 vol. in-fol. v. ant. portrait.

51. Aristotelis Historia de animalibus, cum commentariis Scaligeri. *Tolosæ*, 1619, in-fol. vélin.

52. Aristotelis de animalibus Historiæ, gr. et lat., edidit Schneider. *Lipsiæ*, 1811, 4 vol. in-8, v. ant. fil.

53. Aristotelis Meteorologica, de partibus animalium, et de generatione animalium, gr., ex recensione Bekkeri. *Berolini*, 1829, 3 vol. in-8, demi-rel.

Exemplaire interfolié et couvert de notes.

54. Æliani de Natura animalium libri XVII, notis illustravit Jacobs. *Jenæ*, 1732, 2 vol. in-8, demi-rel. chagr.

55. Ælianus, de Natvra animalivm libri, cvrante Abrahamo Gronovio. *Londini*, 1744, 2 vol. in-4, v. ant. fil.

56. Æliani de Natvra animalivm, edidit Io. Gottlob Schneider. *Lipsiæ*, 1784, 2 vol. in-8, demi-rel. v. ant.

Exemplaire annoté.

57. Diui Alberti Magni de Animalibus libri viginti sex, novissime impressi. (A la fin :) *Impressum Venetiis per Joannem Gregorium de Gregoriis fratres, anno incarnationis dominice millesimo quadringentesimo nonagesimo quinto (1495),* in-fol. caract. goth. v. est. à froid.

58. Conr. Gesneri Historia animalium. *Francof.*, 1620, 3 vol. in-fol. vélin, figures.

59. Tabula affinitatum animalium, auctore Hermann. *Argentorati*, 1783, in-4, demi-rel.

60. Zoologie. — Mémoires divers, par le Dr Breschet, Gaudry, Duvernoy, etc. 20 br. in-4.

61. Mélanges de zoologie, par MM. Roulin, Agassiz, Moreau de Jonnès, etc. 16 part. en 1 vol. in-8, demi-rel. figures.

62. Varia. Histoire naturelle. In-8, demi-rel.
André Sanson. Des Types naturels en zoologie. — Paul Gervais. Des Anciennes Populations du globe. — Martin. Des Migrations et des Mœurs des Leimmings, etc.

63. Les Races bovines au concours de 1856. Études zootechniques par Emile Baudement. *Paris*, 1861, in-fol. obl. (*Atlas*).

64. ROULIN. Mémoire sur le tapir. *Paris*, 1835, in-4, br. 3 planches.

65. G. Rondeletii libri de Piscibus marinis. *Lugd., apud Matth. Bonhomme*, 1554, in-fol. vélin.
Reliure du XVIe siècle à compartiments peints aux armes de Paul Jodan Urs. D. Aragon. La reliure a besoin d'une restauration.

66. G. CUVIER ET VALENCIENNES. Histoire naturelle des poissons. *Paris, Levrault*, 1828-1848, 22 tomes en 11 vol. in-4, demi-rel. chagr. figures.

67. Ichthyologie analytique, ou Essai d'une classification naturelle des poissons, par Duméril. *Paris*, 1856, in-4, br.

68. L'Histoire de la natvre des oyseavx, avec levrs descriptions et naïfs portraicts retirez dv natvrel, escrite en sept livres par Pierre Belon du Mans. *Paris*, 1555, in-fol. fig. v. ant. (*Piqûre.*)

69. Histoire naturelle éclaircie dans une de ses parties principales, l'ornithologie, qui traite des oiseaux de terre, de mer et de rivière, tant de nos climats que des pays étrangers, ouvrage traduit du latin par M. Salerne, docteur. *Paris, chez de Bure père*, 1767, in-4, 31 planches gravées, demi-rel. v. ant.

70. Recherches sur la faune ornithologique éteinte des îles Mascareignes et de Madagascar, par M. Alph. Milne-Edwards. *Paris, G. Masson*, 1866, in-4, cart. percal. verte, 33 planches.
Envoi autographe de l'auteur.

71. Ratzeburg. Les Hylophthires et leurs ennemis, trad. en français. *Leipzig*, 1842, in-8, cart.

72. Manuel de malacologie et de conchyliologie, par Ducro-
tay de Blainville. *Paris*, 1825, 2 vol. in-8, cart. figures.

73. Géologie et Fossiles. — Mémoires, par Élie de Beaumont
et autres. 30 pièces in-8 et in-4.

74. Recherches sur les ossements fossiles, par G. Cuvier.
Paris, 1834, 10 vol. in-8, demi-rel. et 2 vol. in-4 d'atlas.

75. Traditions tératologiques, par Jules Berger de Xivrey.
Paris, *Impr. roy.*, 1836, in-8, demi-rel. mar.

76. Agassiz. Matériaux pour servir à une bibliographie zoo-
logique et paléontologique. *Neufchâtel*, 1842, 4 part.
in-fol. en feuilles.
Tiré à petit nombre.

77. Theophrasti de Historia plantarum libri X, gr., cum
notis, curante Stackhouse. *Oxonii*, 1813, in-8, vélin.

78. C. Clusii Exoticorum libri X. *Ex off. Plantiniana*, 1605,
in-fol. demi-rel.

79. Mémoires sur la digitaline et la digitale, par E. Homolle
et Quévenne. *Paris, G. Baillière*, 1854, in-8, br.

80. Prodrome d'une histoire des végétaux fossiles, par
M. Ad. Brongniart. *Paris*, 1828, in-8, br.

81. Richard (Achille). Éléments d'histoire naturelle médi-
cale. *Paris, Labé*, 1849, 3 vol. in-8, demi-rel.

82. Scriptores Rei rusticæ veteres latini, è recensione Jo.
Matth. Gesneri. *Biponti*, 1788, 4 vol. in-8, demi-rel. bas.

83. Scriptores Rei rusticæ veteres latini, ed. Schneider.
Lipsiæ, 1794, 4 vol. in-8, demi-rel. vélin.

84. Les Agronomes latins, trad. par Nisard. *Paris*, 1849,
gr. in-8, demi-rel. mar. r.

85. Libro de agricvltvra de Alonso de Herrera qve trata de
la Labranca de los Campos. *S. l.*, 1605, pet. in-fol. texte
à 2 col. demi-rel. v. bl.

---

86. Traité général d'anatomie comparée, par J.-F. Meckel,
trad. de l'allemand. *Paris*, 1828, 10 vol. in-8, demi-rel.

87. Cuvier (Georges). Leçons d'anatomie comparée. *Paris*,
1835, 8 tom. en 9 vol. in-8, demi-rel. v. f.

88. Recherches d'anatomie transcendante et pathologique,
anatomie de Ritta Christina, par Serres. *Paris*, 1832, in-4
br. 20 planches.

89. Anatomie universelle du corps humain, composée par
A. Paré, chirurgien ordinaire du roy, et juré à Paris, revue

et augmentée par l'auteur. *Paris, Jean le Royer*, 1561, in-8, fig. v.

90. P. Flourens. Anatomie générale de la peau et des membranes muqueuses. — Recherches sur le développement des os et des dents. *Paris, Gide*, 1842-43, 2 br. in-4, planch. color.

91. Flourens. Théorie expérimentale de la formation des os. *Paris, Baillière*, 1847, in-8, br. 7 planches. — Sédillot, de l'Evidement sous-périosté des os. *Paris, Baillière*, 1867, in-8, br. 5 planches.

92. Cours sur la génération, l'orologie et l'embryologie, fait au muséum d'histoire naturelle en 1836, par M. le professeur Flourens, recueilli et publié par M. Deschamps. *Paris*, 1836, in-4, br.

93. Cours de physiologie générale et comparée, professé à la Faculté des sciences de Paris, par Ducrotoy de Blainville. *Paris, G. Baillière*, 1833, 3 vol. in-8, demi-rel.

94. Longet. Traité de physiologie. *Paris, Victor Masson*, 1850, 2 tom. en 6 part. in-8, br.

95. Histoire de l'origine et des progrès de la chirurgie en France. *Paris*, 1749, in-4, br.

BEAUX-ARTS.

---

96. J.-P. Rossignol. Mémoires sur l'orichalque et sur les artistes grecs. *Paris*, 1852, 5 br. in-8.

97. Correspondance de Fr. Gérard, peintre d'histoire. *Paris*, 1867, in-8, br.

98. Israel Silvestre et ses descendants, par E. de Silvestre. *Paris*, 1869, in-8, br.

99. Mendiants. *Bonnard sculpsit*. 23 pl. in-4, avec marges.

100. La Borde (marquis de). Notice des émaux du musée du Louvre et glossaire. *Paris*, 1853, 2 vol. in-12, br.
Exemplaire en grand papier de Hollande.

101. Notice sur divers manuscrits grecs relatifs à la musique, par H. Vincent. *Paris, Imprimerie royale*, 1847, in-4, demi-rel.

BELLES-LETTRES.

102. Principes de l'étude comparative des langues, par le baron de Mérian, suivis d'observations sur les racines des langues sémitiques, par M. Klaproth. *Paris*, 1828, in-8, br.

103. Lectures on the science of language, by Max Müller. *London*, 1862, in-8, cart. percal. vert.

104. Thesavrus Linguæ græcæ ab Henr. Stephano constructus. *Parisiis, H. Stephanus*, etc. 5 vol. in-fol bas. dont un d'appendice.

105. Hesychii Lexicon, gr. et lat., ed. Alberti. *Lugd. Bat.*, 1746, 2 vol. in-fol. v. f. portrait.

106. Pollucis Onomasticon, gr. et lat., edidit Hemsterhuis. *Amst.* 1706, 2 t. en 1 vol. in-fol. vélin.

107. Le Dictionnaire de l'Académie françoise, dédié au roy. *Paris*, 1694, 2 vol. in-fol. texte à deux col. front. gr. v. ant. — Le Dictionnaire des Arts et des Sciences, par M. D. C. (Thomas Corneille) de l'Académie françoise. *Paris*, 1694, 2 vol. in-fol. v. ant.

Exemplaire complet de l'édition originale.

108. The Great French dictionary in two parts, by Guy Miege. *London*, 1688, gr. in-fol. v. ant. texte à 3 col.

109. La Tour d'Auvergne. Origines gauloises. *Paris, an V*, in-8, demi-rel.

110. Vocabolario degli accademici della Crvsca. *In Venetia*, 1680, in-fol. texte à 2 col. v. ant.

111. Diccionario de la lingua castellana, compuesto por la Real academia española. *Madrid*, 1783, in-fol. v. ant. texte à 3 col.

112. Diccionario portuguez-francez-e-latino novamente, compilado, por Joaquim José da Costa e Sa. *Lisboa*, 1794, in-4, v. ant.

113 Le Grand Dictionnaire françois-flamand et flamand-françois. *Utrecht*, 1643, 2 t. en 1 vol. in-4, vélin.

114. Dictionnaire français-berbère. *Paris, Imprimerie royale*, 1844 in-4, br.

115. Glossaire des mots espagnols et portugais dérivés de l'arabe, par Dozy. *Leyde*, 1869, gr. in-8, broché.

---

116. Les XXIIII livres de l'Iliade d'Homère, trad. par Hugues Salel et Amadis Jamyn. *Paris, Lucas Breyer*, 1580, in-12, vélin.

117. Orlando furioso di Lodovico Ariosto. *In Lione*, 1556, in-4, vélin, figures dans le texte.

118. Recueil de poésies calvinistes (1550-1566), publié par P. Tarbé. *Reims*, 1866, in-8, br.
Lettre d'envoi.

119. Œuvres de Fr. de Malherbe. *Paris, Ch. Chapelain*, 1630, in-4. vélin.
Édition originale.

120. Œuvres poétiques du sieur Desmarets. *Paris*, 1641, in-4, titre gravé, vél.

121. Le Jugement de Pâris, poëme en IV chants, par Imbert. *Amsterdam*, 1772, in-8, br. figures.

---

122. Voyage de Paris à Saint-Cloud par mer, et retour de Saint-Cloud à Paris par terre. *Paris*, 1754, in-12, cart. plan.

123. Vida y Hechos del ingenioso Hidalgo Don Quixote de la Mancha, compuesta por Miguel de Cervantes Saavedra. *En Londres*, 1738, nombr. figures, 4 vol. in-4, v. ant. marbr.

124. Relaciones de la vida del escudero Marcos de Obregon, su autor el maestro Vicente Espinel. *En Madrid*, 1744, in-4, texte à deux col. demi-rel. bas.

125. Delle Novelle di Franco Sacchetti, cittadino Fiorentino. *In Firenze*, 1724, 2 part. en 1 vol. in-8, v. ant.

126. Dia y noche de Madrid, discursos de lo mas notable que en él passa, su autor Francisco Santos. *En Madrid*, 1663, in-8, parchemin.
Très curieux.

127. El Diablo coivelo, novella de la otra Vida, traduzida a esta por Luys Velez de Guevara. *En Barcelona*, 1646, pet. in-8, v. ant.
Original du Diable boiteux de Le Sage.

---

128. Histoire littéraire de la France. *Paris, Didot*, 1873, in-4, br.

129. Cours de littérature, par la Harpe. *Paris, Didot*, 1821, 16 vol. in-8, demi-rel. v.

130. Hexaméron, ou six journées, contenant maintes histoires notables. *Rouen*, 1610, in-12. vél.

131. Correspondance littéraire (1856-1864). *Paris, Durand*, 8 vol. in-8, demi-rel.

132. Œuvres de Bernard de la Monnoye. *La Haye*, 1770, 2 t. en 1 vol. in-4, demi-rel.

HISTOIRE.

—

GÉOGRAPHIE. — VOYAGES. — HISTOIRE ANCIENNE.
HISTOIRE DE FRANCE. — HISTOIRE ÉTRANGÈRE.

133. Géographie générale comparée, par Ritter, trad. de l'all. *Paris, Paulin*, 1836, 3 vol. in-8, br.

134. Bibliothèque universelle des voyages, par G. Boucher de la Richardière. *Paris*, 1808, 6 vol. in-8, demi-rel. mar. vert.

135. Journal ou relation exacte du voyage de Guill. Schouten dans les Indes. *Paris, Gobert*, 1618, pet. in-8, carte et fig. (*Mouillures*).
Rare.

136. Les Voyages fameux du sieur Vincent Leblanc, Marseillois. *Paris, Clousier*, 1648, in-4, v. br.

137. Les Voyages et observations du sieur de la Boullaye-Le-Gouz, gentil-homme angevin. *Paris, chez Gervais Clousier*, 1657, in-4, v. ant. portr. gr. et fig.

138. Voyage autour du monde de la Coquille. *Paris*, 1826, in-fol. cart.
Atlas de botanique.

139. Voyage de découvertes aux terres australes, exécuté pendant les années 1800 à 1804, et rédigé par M. F. Péron. *Paris, de l'Imprimerie impériale*, 1808, 2 vol. in-4, demi-rel. bas. et atlas in-fol. de 39 pl. n. et en coul.

140. Weddel. Voyages dans le nord et le sud de la Bolivie. *Paris*, 1851-53, 2 vol. in-8, br.

141. Les Observations de plvsievrs singvlaritez et choses mémorables, trouuées en Grèce, Asie, Iudée, Egypte, Arabie et autres pays estranges, redigées en trois liures par Pierre Belon du Mans. *A Paris, chez Guill. Cauellat, à l'enseigne de la Poulle grasse*, 1553, in-4, v. ant.

142. Voyages de Pietro della Valle, gentilhomme romain, dans la Turquie, l'Égypte, la Palestine, la Perse, les Indes Orientales et autres lieux. *A Rouen*, 1745, 8 vol. in-12, v. ant. (*Mouillures.*)

143. Voyages faits principalement en Asie dans les xiie, xiiie, xive et xve siècles, accompagnés de l'histoire des Sarrasins et des Tartares, et precedez d'une introduction concernant les voyages et les nouvelles découvertes des principaux voyageurs, par Pierre Bergeron. *A la Haye*, 1735, 2 t. en 1 vol. in-4, carte v. ant. fil. tr. marbr.

144. Voyages de Benjamin de Tudèle, en Europe, Asie et Afrique, trad. par Baratier. *Amst.* 1734, 2 t. en 1 vol. in-12, br. n. rogn. portr.

145. De Rebus Oceani et novo orbe, ejusdem de Babylonica legatione et de Rebus Æthiopicis. *Coloniæ*, 1574, in-8, demi-rel. v. f.

146. Rélation d'un voyage du Levant fait par ordre du Roi, contenant l'histoire ancienne et moderne de plusieurs Isles de l'Archipel, de Constantinople, des côtes de la mer Noire, de l'Arménie, de la Géorgie, des frontières de Perse et de l'Asie Mineure, par M. Pitton de Tournefort. *Amsterdam*, 1718, 2 vol. in-4, v. ant. nombr. pl.

147. Voyages du chevalier Chardin en Perse, avec des notes, par Langlès. *Paris*, 1811, 10 vol. in-8, et atlas in-fol. demi-rel.

148. Narrative of captain H. Foster, voyage to the southern Atlantic Ocean in the years 1828-29-30, from the private journal of W. H. B. Webster. *London*, 1834, 2 vol. in-8, cart. n. r. carte et fig.

---

149. Herodoti Historiæ, gr. et lat., ed. Muller. *Parisiis, Didot*, 1844, gr. in-8, demi-rel. mar r.

150. Considérations sur les causes de la grandeur des Romains et de leur décadence, par Montesquieu. *Amsterdam, Pierre Mortier*, 1734, in-12, br. n. rogn.

151. Biot (Édouard). De l'Abolition de l'esclavage ancien en Occident. *Paris, Renouard*, 1840. in 8, br.

———————

152. Recueil des roys de France, leur couronne et leur maison. *Paris, Pierre Mettayer*, 1618, in 4, v. br.

153. Commentaires de l'Estat de la Religion et Republique soubs les rois Henry et François seconds et Charles neufieme. *S. l.*, 1565, in-8, parch.

154. Le Recveil des excellens et libres discovrs svr l'estat présent de la France. *S. l.*, 1598, in-12, parch.

155. De l'Estat et svccez des affaires de France, par Bernard de Girard. *A Paris, chez Gilles Robinot*, 1613, in-8, parch.

156. Histoire dv traité de la Paix conclve à Saint-Iean-de-Luz entre les devx covronnes en 1659, ecrite en italien par le comte Galeazo Gualdo Priorato, et traduite en françois. *Jouxte la copie imprimée à Cologne chez Thomas Bruggen*, 1665, in-12, v. ant.

Aux armes de Saint-Auge.

157. Des Justes Pretentions du Roy sur l'Empire. *Paris*, 1667, in-4, vél.

158. Procès-verbaux, 228 vol. in-8, br.

Première Assemblée nationale, 34 vol. in-8. — Assemblée législative, 17 vol. — Convention, 72 vol. — Conseil des anciens, 50 vol. — Conseil des Cinq Cents, 50 vol. — Tables, 5 vol.

159. Guerres des Vendéens et des Chouans contre la République française. *Paris*, 1824, 6 vol. in-8, demi-rel.

De la Collection des mémoires relatifs à la révolution française.

160. Histoire de Napoléon et de la Grande Armée pendant l'année 1812, par le général comte de Ségur. *Paris, Baudoin fr.*, 1825, 2 vol. in-8, demi-rel. portr. et gr.

161. Dictionnaire historique de la Bretagne, par Ogée. *Nantes*, 1778, 2 vol. in-4, n. rogn.

Tomes I et IV. Ils sont couverts de notes de la main de l'auteur.

162. Collection de mémoires et de plans relatifs au port de Dieppe. *Rouen, L. Oursel*, 1790, in-4, v. et plans.

———————

163. The Works of Wm Robertson. *Paris, Baudry*, 1828, 3 vol. gr. in-8, demi-cart. n. rogn.

164. Libró histórico politico sobre Madrid, la corte y el cortesanó en Madrid. por don Alonso Nuñez de Castro, coro-

nista de su Magestad. *Barcelona,* 1698, in-4, texte à deux col. v. ant.

165. Introduccion á la Historia natural y á la Geographia fisica de España, por D. Guillermo Bowles. *En Madrid,* 1775, in-4, v. ant.

Exemplaire en grand papier.

166. Historia general de España, compuesta, emendada y añadida por el Padre Juan de Mariana de la Compañia de Jesus, con el sumario y tablas. *En Madrid,* 1780, 2 vol. in-fol. demi-rel. bas. ant. texte à deux col.

167. Historia general de España, compuesta por el Padre Juan de Mariana. *Madrid,* 1780, 2 vol. in-fol. vél.

15ᵉ édition.

168. Mémoires, ou Relation militaire, contenant ce qui s'est passé de plus considérable dans les attaques et dans la deffence de la ville de Candie depuis l'année 1645, qu'elle fut bloquée par les Turcs, jusqu'au jour de sa réduction. *Paris, Barbin,* 1670, in-12, v.

169. Mémoire sur les Samoyèdes et les Lapons, 1762, pet. in-8, br.

170. Bibliothèque orientale, ou Dictionnaire universel contenant généralement tout ce qui regarde la connoissance des peuples de l'Orient, par Monsieur d'Herbelot. *Paris,* 1697, in-fol. v. ant. texte à deux col.

171. Roulin, Rapport sur une collection d'instruments en pierre découverts à l'île de Java, et remontant à une époque antérieure à celle où commence pour ce pays l'histoire proprement dite. 1868, in-4, br.

172. Histoire du grand royaume de la Chine, situé aux Indes Orientales, contenant la situation, antiquité, religion, cérémonies, lois, mœurs, etc. *Rouen, N. Angot,* 1614, in-8, parch.

173. Chine. Mémoires divers, par Biot. — 12 br. in-8.

174. Pauthier et Stanislas Julien. Sur la Chine. — 5 br. in-8.

175. Recherches sur la priorité de la découverte des pays situés sur la côte occidentale d'Afrique au-delà du cap Bojados, par le vicomte de Santarem. *Paris. Vᵉ Dondey-Dupré,* 1842, in-8, br.

176. Conqvista de las islas Malvcas, escrita por el licenciado Bartolomé Leonardo de Argensola. *En Madrid,* 1609, in-fol. vel.

177. Histoire des Isles Marianes nouvellement converties à la religion chrétienne, par le Père Le Gobien. *Paris*, 1700, in-12, v. br.

ARCHÉOLOGIE. — NUMISMATIQUE. — BIOGRAPHIE.

178. Mémoires de l'Académie des Inscriptions et Belles-Lettres (tome XXVII, 2ᵉ partie). — Mémoires présentés. 1ʳᵉ série, tomes VII et VIII, deuxième partie. -- Ensemble 3 vol. in-4, br.

179. Académie des Inscriptions et Belles-Lettres, Comptes-rendus des séances des années 1865 à 1870. *Paris, Durand*, 1865-70, 6 vol. in-8, d. chagr. noir.

180. REVUE ARCHÉOLOGIQUE. *Paris, Didier*, 1860-1873, 24 vol. in-8, fig. rel. mar. r. et le dernier vol. broch.

181. Archéologie. — Environ 30 brochures in-4 et in-8.

182. Le Sentiment religieux en Grèce, d'Homère à Eschyle, par Jules Girard. *Paris, L. Hachette*, 1869. in-8, br.

183. Recherches archéologiques à Éleusis, exécutées dans le cours de l'année 1860, par Fr. Lenormant ; recueil des inscriptions. *Paris, L. Hachette*, 1862, in-8 br.

Envoi autographe signé de l'auteur à M. Roulin.

184. Essai de commentaire des fragments cosmogoniques de Bérose, d'après les textes cunéiformes et les monuments de l'art asiatique, par Fr. Lenormant. *Paris, Maisonneuve*, 1872, in-8, br.

185. Mémoire sur le monument d'Osymandyas, de Thèbes, par M. Letronne. *Paris, Impr. royale*, 1831, in-4, demi-rel. v. viol.

Dans le même volume : Observations sur les noms des vases grecs. 1833. — La statue vocale de Memmon. 1833.

186. François Lenormant. Essai sur la propagation de l'alphabet phénicien. *Paris, Maisonneuve*, 1872-73, 3 vol. gr. in-8, br. (tome 1ᵉʳ en 2 part. et 1ʳᵉ part. du t. 2ᵉ).

187. Lenormant (François). Lettres assyriologiques sur l'histoire et les antiquités de l'Asie Antérieure. *Paris*, 1871, 2 vol. in-4, br.

Autographié.

188. François Lenormant. Lettres assyriologiques (seconde série). *Paris, Maisonneuve*, 1873, tome 1ᵉʳ en 2 vol. in-4, broché.

Autographié.

189. Babylone et l'Écriture cunéiforme, par Fresnel, de Rougé, Lenormant. 8 brochures in-8.

190. Hennin. Manuel de numismatique ancienne. *Paris, Merlin*, 1830, 2 vol. in-8, demi-rel. mar.

191. Mionnet. De la Rareté et du prix des médailles romaines. *Paris*, 1827, 2 vol. in-8, demi-rel.

192. Notice des monnaies françaises de la collection J. Rousseau, par Adr. de Longpérier. *Paris*, 1848, in-8, br. fig.

193. Biographie universelle classique, ou Dictionnaire historique portatif. *Paris*, 3 vol. in-8, v. fil.

194. Virorvm doctrina illvstrium, qvi hoc secvlo in Gallia floruerunt, Elogia avthore Scævola Sammarthano. *Ex officina Jo. Blanceti Typographi regii*, 1598, in-8, parch.

AMÉRIQUE.

—

1. VOYAGES.

195. Mémoire sur la collection des grands et petits Voyages, et sur la collection des voyages de Melchisédech Thévenot, par A.-G. Camus. *Paris, Baudouin,* 1802, in-4, cart. n. rogn.

196. COLLECTION DES GRANDS ET PETITS VOYAGES, par Théodore de Bry. *Francfort,* 1590 à 1602 et 1598 à 1607, 10 vol. in-fol. rel. en bas. rouge et en vél.

Grands Voyages, parties 1 à 9 avec l'édition allemande de la 9e partie.
Petits Voyages, parties 1 à 11.
Cet exemplaire est piqué et quelques planches manquent.

197. Annales et Nouvelles Annales des Voyages. *Paris,* 1808-1839, 110 vol. in-8, demi-rel.

Annales, 24 vol. et table.
1re, 2e et 3e séries, 84 vol. et table.

198. Journal of the Geographical Society, 1830 à 1840. 10 vol. in-8, demi-rel. mar. br.

199. D'Avezac. Sur la Géographie ancienne et sur la géographie du moyen âge. 8 vol. et br. in-8.

200. Essai sur l'histoire de la Cosmographie et de la Cartographie pendant le moyen âge, et sur les progrès de la géographie après les grandes découvertes du xve siècle, par le vicomte de Santarem. *Paris,* 1849, 3 vol. in-8, br.

201. Notice des découvertes faites au moyen âge dans l'Océan atlantique, par d'Avezac. *Paris,* 1845, gr. in-8, br.

202. Primo, secondo e terzo volume delle Navigationi et viaggi in molti lvoghi. *In Venetia,* 1554-1583-1565, 3 vol. in-fol. demi-rel. bas.

Piqûres de vers. Ce recueil a été publié par Ramusio.

203. Relations des quatre voyages entrepris par Christophe Colomb, par de Navarette, trad. en français. *Paris,* 1828, 3 vol. in-8, br. cartes.

204. Histoire de la vie et des voyages de Christophe Colomb, par Washington Irving, trad. de l'anglais par Defauconpret. *Paris, Gosselin*, 1833, 4 vol. in-8, br.

205. Recherches sur Améric Vespuce et ses voyages, par le vicomte de Santarem. *Paris, Arthus Bertrand*, 1842, in-8, broché.

206. Voyage de la France éqvinoxiale en l'Isle de Cayenne, entrepris par les François en l'année 1652, divisé en trois livres, avec un dictionnaire de la langue du mesme païs, par M. Antoine Biet. *Paris, chez Fr. Clovzier*, 1664, in-4, v. ant.

207. Navigantium atque itinerantium Bibliotheca, or a complete collection of voyages and travels, containing whatever has been observed worthy of notice in Europe, Asia, Africa and America, illustrated by proper charts, maps and cuts; originally published by John Harris. *London*, 1744, 2 vol. gr. in-fol. fig. et cartes, bas.

208. D'Avezac. Relation authentique du voyage du capitaine de Gonneville ès nouvelles terres des Indes, publiée pour la première fois. *Paris, Challamel*, 1869. — Martin Waltzemuller, ses ouvrages et ses collaborateurs. *Paris*, 1867, 2 part. en 1 vol. in-8, demi-rel.

209. Voyages du sieur de Champlain, ou Journal des découvertes de la Nouvelle-France. *Paris*, 1830, 2 tom. en 1 vol. in-8, demi-rel. v.

— Même ouvrage, même édition. 2 vol. in-8, demi-rel. v. f.

210. Memoir of Sebastian Cabot, with a review of the history of maritime discovery. *London*, 1831, in-8, cart.

211. Dernières Découvertes dans l'Amérique septentrionale, par de la Salle, publiées par le chev. Tonti. *Paris*, 1697, in-12, v.

212. Voyage curieux du R. P. Louis Hennepin, qui contient une nouvelle découverte d'un très-grand pays situé dans l'Amérique entre le Nouveau-Mexique et la mer Glaciale, avec une relation exacte des Caraïbes, sauvages des isles Antilles de l'Amérique. *Leide*, 1704, in-12, v. figures.

213. Nouveaux Voyages de M. le baron de Lahontan dans l'Amérique septentrionale. *La Haye*, 1715, 2 tom. en 1 vol. in-12, v.

214. Account of an expedition to the Rocky mountains, compiled from the notes of Major Long, by Edwin James. *London*, 1823, 2 vol. in-8, cart.

215. Narrative of an expedition to the source of St Peters river; Lake Winnepeek, etc. *Philadelphia*, 1824, 2 vol. in-8, br.

216. Relation de l'isle de Tabago, l'une des isles Antilles de l'Amérique, par le sieur de Rochefort. *Paris*, *Billaine*, 1666, in-12, v. br.

217. Voyage aux régions équinoxiales du nouveau continent, fait de 1799 à 1804, par de Humboldt. *Paris*, 1810, 12 vol. in-8, demi-rel.

218. Relacion histórica del viage á la América meridional hecho de órden de S. Mag. por Don Jorge Juan, Don Antonio de Ulloa. *Madrid*, 1748, 2 vol. in-4, v. ant. *Nombr. cartes et planches.*

219. Relation du voyage de M. de Gennes au détroit de Magellan, par le sieur Froger. *Paris*, 1698, in-12, v. fig.

2. HISTOIRE.

220. L'Art de vérifier les dates. *Paris*, 1826-29, 4 vol. in-8, demi-rel. bas.
Ce sont les tomes IX à XII, contenant la chronologie historique de l'Amérique.

221. Mœurs des sauvages amériquains comparées aux mœurs des premiers temps, par le P. Lafitau. *Paris*, 1724, 2 vol. in-4, fig. v. ant. fil. tr. dor.

222. Orígen de los Indios de el Nuevo Mundo e Indias occidentales, por el Padre Gr. Garcia. *Madrid*, 1729, in-fol. basane.

223. Historiadores primitivos de las Indias occidentales, que juntó, traduxo en parte y sacó á luz, ilustrados con eruditas notas y copiosos indices por el ilustrísimo señor D. Andres Gonzalez Barcia. *Madrid*, 1749, 3 vol. pet. in-fol. texte à deux colonnes.

224. Historical notes respecting the Indians of North America with remarks on the attempts made to convert and civilize them, by John Halkett. *London*, 1825, gr. in-8, cartonné.

225. Novus Orbis regionum ac insularum veteribus incognitarum. *Parisiis, apud Joann. Parvum*, 1532, in-fol. bas. carte. (*Piqûres.*)

226. Novus Orbis, seu descriptionis Indiæ occidentalis libri XVIII, auth. J. de Laet. *Lugd. Bat., apud Elzevirios*, 1633, in-fol. figures, v.

227. L'Histoire dv Nouveau Monde, ou Description des Indes
occidentales, contenant dix-huict liures, par le sieur Iean
de Laet, d'Anuers, enrichi de nouuelles tables géogra-
phiques et figures des animaux, plantes et fruicts. *A Leyde*,
1640, in-fol. bas.

228. Relation de ce qvi s'est passé de plvs remarqvable avx
missions des Peres de la compagnie de Iesvs en la Nouvelle-France, aux années 1667 et 1668, envoyée au R. P.
Estienne Dechamps, provincial de la province de France.
A Paris, chez Séb. Mabre-Cramoisy, 1669, in-8, parch.

229. Histoire et description générale de la Nouvelle-France,
avec le journal historique d'un voyage fait par ordre du
roi dans l'Amérique septentrionale, par le P. de Char-
levoix. *Paris*, 1744, 3 vol. in-4, v. ant. nombr. cartes et
planches.

230. Histoire naturelle et civile de la Californie, enrichie de
la carte du pays, traduite de l'anglais par M. E. (Eidous).
A Paris, 1766, 3 vol. in-12, v. ant.

231. L'Histoire notable de la Floride, située ès Indes occidentales, contenant les trois voyages descrits par le capitaine Laudonnière. *Paris, P. Jannet*, 1853, in-12, cart.
non rog.

232. Histoire de la Virginie, trad. de l'anglais. *Paris, Pierre
Ribou*, 1707, in-12, v.

233. Memorias históricas sobre la legislacion y gobierno del
comercio de los Españoles con sus colonias en las Indias
occidentales, recopiladas por el Sr R. Antunez y Acevedo.
Madrid, Sancha, 1797, in-4, br.

234. Idea del valor de la Isla Española, por Don Antonio
Sanchez Valverde. *En Madrid*, 1785, in-4, vélin.

235. Description topographique, physique, civile, politique
et historique de la partie française de l'isle de Saint-
Domingue, par M. L.-E. Moreau de Saint-Méry. *A Phila-
delphie*, 1797, 2 vol. in-4, demi-rel. bas.

236. Historia de la conquista de Mexico, poblacion, y pro-
gresos de la América septentrional conocida por el
nombre de Nueva España, escriviala Don Antonio de
Solis. *En Madrid*, 1704, in-fol. vél. texte à 2 col.

Exemplaire très-fatigué.

237. Historia de la conquista de Mexico, segunda parte,
escribiala Don Ignacio de Salazar y Larte. *En Madrid*,
1786, in-fol. vélin.

238. Historia general de los hechos de los Castellanos en las Islas y Tierra ferme del mar Oceano, por Ant. de Herrera. *En Madrid*, 1726, *Anvers*, 1828, 4 vol. in-fol. rel.

239. Tratado único y singular del orígen de los Indios occidentales del Peru, Mexico, Santa Fé, y Chile, por el D. Don Diego Andres Rocha. *En Lima*, 1681, in-4, vélin.

240. Descripcion de las dos piedras en la plaza principal de Mexico, por de Bustamente. *Mexico*, 1832, in-8, br. 5 planches.

241. Historia general de las conquistas del nvevo reyno de Granada á la S. C. R. M. de D. Carlos Segvndo, rey de las Españas y de las Indias, por el doctor D. Lvcas Fernandez Piedrahita. (*Amberes*, 1688), in-fol. vél. texte à deux col. front. gr.

242. Historia de la prouincia del nvevo reyno de Granada, por el P. M. Sr Alonso de Zamova. *En Barcelona*, 1701, in-fol. parch. texte à 2 col.

243. Historia de la provincia de la Compañía de Jesus del nuevo reyno de Granad en la América, descripcion y relacion exacta de sus gloriosas missiones, author el Padre Joseph Cassani, religioso de la misma compañía. *En Madrid, anno* 1741, in-4, vélin, texte à 2 col.

244. J. Acosta. Compendio histórico de la colonizacion de la Nueva Granada. *Paris*, 1848, in-8, demi-rel. chagr. tr. dorée.

245. Relation des missions du Paraguai, trad. de l'italien de Muratori. *Paris*, 1757, in-12, v. marbr.

3. LINGUISTIQUE.

246. Mémoire sur le système grammatical des langues de quelques nations indiennes de l'Amérique du nord, par M. P.-Ét. du Ponceau. *Paris*, 1838, in-8, demi-rel. v.

247. Petit Catéchisme, ov sommaire des trois premières parties de la doctrine chrestienne, traduit du françois en la langue des Caraïbes insulaires, par le R. P. Raymond Breton, sous-prieur du couvent des frères prescheurs de Blainuille: *A Auxerre*, 1664, fort vol. in-8, v. ant.

Dans le même vol. Dictionnaire français - caraïbe, et caraïbe - français, 2 parties,

248. Gramatica en la lengua general del nuevo reyno, llamada Mosca. *En Madrid*, 1619, pet. in-8, vél.

Très-rare.

249. COMPENDIO del arte de la lengua mexicana del P. Horacio Carochi, dispuesto por el Padre Ignacio de Paredes. *En Mexico.* 1759, pet. in-4, vél.

Bel exemplaire d'un ouvrage rare.

250. VOCABULARIO della lengua general de todo el Peru llamada lengua Qquicha ó del Inca, compuesto por el Padre Diego Gonçales Holguin. *Impresso en la Ciudad de los reyes,* 1608, in-4. — Gramática, 1607, in-4, 2 part. en 1 vol. in-4, vélin.

Rare. Le titre est restauré. Piqûres de vers.

4. SCIENCES NATURELLES. — BIBLIOGRAPHIE.

251. Histoire natvrelle et moralle des Indes, tant orientalles qu'occidentalles, composée en castillan par Ioseph Acosta et traduite en françois par Robert Regnault Cauxois. *A Paris, chez Marc Orry,* 1598, in-8, parch.

252. R. Harlan. Fauna Americana. *Philadelphia,* 1825, in-8, cartonné.

253. Histoire natvrelle et morale des Iles Antilles de l'Amérique, avec un vocabulaire caraïbe (par Rochefort). *Rotterdam,* 1665, in-4, v. ant. front. gr. et figures.

254. Histoire naturelle des iles Antilles de l'Amérique, par de Rochefort. *Lyon,* 1667, 2 vol. in-12, v.

255. Historia naturalis Brasiliæ Guill. Pisonis. *Lugd. Bat., et Amst., Elzevir.,* 1648, in-fol. v. f. tr. dor.

Bel exemplaire.

256. El Orinoco ilustrado, historia natural de este Gran Rio, escrita por el P. J. Gumilla. *En Madrid,* 1741, in-4, vél.

257. Apuntamientos para la historia natural de los paxaros del Paraguay y Rio de la Plata, escritos por Don Felix de Azara. *Madrid,* 1802, 3 vol. in-8, v. rac. dent.

258. Essais sur l'histoire naturelle des quadrupèdes de la province du Paraguay, par Don Félix d'Azara, trad. par Moreau Saint-Méry. *Paris,* 1801, 2 vol. in-8, br.

259. Bibliographie américaine. Réunion des catalogues de Warden, de Raetzel, et de Ternaux. *Paris,* 1836, 3 part. en 1 vol. in-8, demi-rel.

260. Bibliothèque américaine, ou Catalogue des ouvrages relatifs à l'Amérique qui ont paru depuis sa découverte jusqu'à l'an 1700, par H. Ternaux. *Paris, Arthus Bertrand,* 1837, in-8, demi-rel. v. (*Rare.*)

FIN.

RED. :

19

graphicom